La chambre 27

Harmonie J.

Édition : BoD · Books on Demand,
31 avenue Saint-Rémy, 57600 Forbach,
bod@bod.fr
Impression : Libri Plureos GmbH,
Friedensallee 273, 22763 Hamburg
(Allemagne)
ISBN : 978-2-3226-3501-6
Dépôt légal : Mai 2025

Charlize, 30 ans, petite, rousse aux yeux verts, n'avait jamais rêvé de faire le ménage dans un hôtel. Pourtant, la vie l'avait menée là, dans cet établissement ancien au charme désuet, un hôtel de briques beiges envahi par le lierre, des hortensias blancs bordant l'entrée, des moulures d'un autre siècle, et une moquette rouge épaisse qui avalait les pas. Une douce odeur de fleur d'oranger s'échappait des draps fraîchement lavés. L'hôtel ne faisait pas partie d'une grande chaîne, mais il affichait souvent complet. Son nom se limitait à une lettre énigmatique : H.

Elle était là depuis seulement quelques mois, discrète, consciencieuse, appliquée. Elle n'aimait pas ce travail au début, il la rebutait même. Mais peu à peu, elle s'était attachée aux visages éphémères qui défilaient. Ils passaient, la plupart sans un mot, mais elle leur inventait des histoires. Des familles, des couples d'amants, des hommes seuls, des femmes en fuite... Cela amusait son esprit solitaire. Charlize était célibataire, mais pas aigrie. Son imagination compensait le manque.

Elle n'était pas seule à faire tourner la maison. À la réception, il y avait Bob. Un vieux bonhomme taciturne, à la moustache blanche et aux yeux perçants. Il devait avoir passé l'âge de travailler, mais il restait, comme prisonnier volontaire de ces murs. Charlize avait tenté de l'amadouer avec des sourires, quelques mots, mais il restait fermé, grognon, parfois même cassant. Dès son premier jour, il lui avait expliqué, d'une voix grave et lasse, que les deux chandeliers en verre strié sur le comptoir étaient d'une valeur inestimable, et qu'elle n'avait pas intérêt à les faire tomber. Elle avait compris le ton.

La routine s'était installée. Ils cohabitaient, lui derrière le comptoir, elle dans les couloirs.

Une forme d'équilibre silencieux.
Mais un soir, tout changea.

Bob n'était pas là. Pour la première fois. Il n'avait rien dit. Charlize, un peu perdue, s'était improvisée réceptionniste. À sa grande surprise, elle s'en sortait bien. Son large sourire, celui qui dévorait presque son visage, désarmait les clients. En début de soirée, un couple se présenta. Ils semblaient joyeux, un peu éméchés, riant fort, s'appuyant l'un sur l'autre. Elle leur attribua la chambre 27, celle au fond du premier étage. L'homme signa le registre en tremblant, ce qui fit rire Charlize, mais elle ne releva pas.

La nuit passa sans incident. Le lendemain, en entrant dans la chambre 27, elle fut surprise : le lit n'était pas défait. Rien ne semblait avoir bougé. La salle de bain était intacte, les serviettes pliées, le sol propre. Troublée, elle retourna à l'accueil vérifier le registre. Rien. La chambre 27 n'y figurait pas. Vide, comme si le couple n'avait jamais existé.

Un frisson parcourut l'échine de Charlize. Elle haussa les épaules. Peut-être avait-elle rêvé ? Peut-être avait-elle oublié de noter quelque chose ? Ou bien Bob était revenu pendant la nuit ?

Mais le nom n'y était pas. Et elle était certaine que l'homme avait signé.

Elle n'en parla à personne. Elle continua sa journée comme si de rien n'était, avec cette petite inquiétude tapie dans un coin de son esprit.

Le soir venu, alors qu'elle quittait l'hôtel pour rentrer chez elle, elle entendit un bruit, au premier étage. Elle soupira. Encore la chambre 27 ?

Charlize monta. Devant la porte, elle tendit l'oreille. Rien. Plus un son. Elle toqua. Silence. Elle soupira de nouveau. Décidément, cette chambre allait lui causer du tracas.

Elle rentra chez elle, rejointe par son chat Hope, un vieux matou rayé, aussi ronchon que son collègue Bob. Son appartement donnait directement sur l'hôtel H, de la grande fenêtre arrondie du salon. Et de sa chambre, elle apercevait le vieux pont de la ville, illuminé le soir. Ce soir-là, elle sirota une infusion pomme-cannelle devant une série réconfortante, avant de s'endormir dans le fauteuil, Hope blotti contre elle.

Ce fut le début de quelque chose que Charlize ne comprendrait que bien plus tard...

Le lendemain matin, la lumière douce du jour s'infiltrait entre les rideaux épais de l'hôtel H. Charlize arrivait avec quelques minutes d'avance. Elle tenait à son rituel : saluer Bob, poser son sac dans le local de service, et attraper son chariot de ménage. Ce jour-là, Bob ne leva même pas les yeux vers elle. Il semblait absorbé par son vieux carnet, feuilletant ses pages comme s'il y cherchait quelque chose.

Charlize fit abstraction, comme toujours, et se dirigea vers le tableau des clés. Elle remarqua immédiatement l'absence de celle de la chambre 27. Fronçant les sourcils, elle se retourna vers Bob.

— Elle a été louée cette nuit ? demanda-t-elle en désignant l'espace vide.

Bob leva lentement les yeux, l'air distrait.

— Quelle chambre ? marmonna-t-il.

— La 27.

Il marqua un silence. Un silence étrange, presque pesant.

— Non. Personne.

— Pourtant... commença-t-elle, hésitante. Elle préféra ne pas insister. Après tout, peut-être que le vieux monsieur perdait un peu la tête. Ou qu'il jouait avec ses nerfs.

Elle poussa son chariot vers l'ascenseur, le cœur un peu plus lourd que d'habitude. Une fois arrivée devant la porte de la chambre 27, elle hésita. Son doigt tremblait légèrement en saisissant la poignée. La clé était toujours absente... Mais la porte s'ouvrit doucement.

Tout était parfaitement en ordre. Trop, même. Le lit tiré comme si personne ne s'y était jamais allongé, les serviettes impeccablement pliées, une légère odeur de lavande flottant dans l'air. Pourtant, la veille, elle avait clairement vu le couple y entrer. Et l'homme avait signé le registre.

Elle redescendit en trombe, les joues rougies par l'agitation.

— Bob, je veux voir le registre.

— Pourquoi ?

— Juste... je veux vérifier quelque chose.

Il soupira, mais lui tendit le carnet sans un mot. Charlize tourna fébrilement les pages jusqu'à arriver à la date d'hier. Rien. Aucune trace de la réservation de la chambre 27. Ni nom, ni heure, ni signature. Vide.

Elle sentit un frisson glacial remonter le long de son dos. C'était impossible. Elle l'avait vu. Elle l'avait vécu.

Bob se racla la gorge, rompant le silence.

— Tu t'es peut-être trompée, ma petite. Le stress, ça fait voir des choses parfois.

Charlize ne répondit pas. Son regard était rivé sur la page blanche, comme si elle pouvait y faire apparaître les noms disparus par la seule force de sa volonté.

Cette journée-là, elle effectua ses tâches machinalement, perdue dans ses pensées. Tout lui semblait irréel. Le passage du temps, les conversations des clients, le ronronnement de l'aspirateur... Rien n'avait de consistance. Comme si quelque chose de profond avait été déréglé autour d'elle.

Le soir venu, elle ne rentra pas tout de suite. Elle resta assise dans le hall, les yeux posés sur la clé manquante. Bob avait quitté son poste plus tôt que d'habitude. L'hôtel était calme, presque trop silencieux. La chambre 27 semblait l'attendre.

Elle prit une grande inspiration et monta.

Arrivée devant la porte, elle colla doucement son oreille contre le bois. Rien. Aucun bruit. Mais quelque chose l'appelait. Une intuition, une certitude, un fil invisible la tirait vers cette pièce.

Elle recula d'un pas. Elle n'avait pas la clé, mais elle savait déjà qu'elle reviendrait. Et cette fois, elle voulait des réponses.

Cette nuit-là, le sommeil refusa de gagner Charlize. Allongée dans son lit, les yeux rivés au plafond, elle tentait de calmer son cœur qui tambourinait depuis qu'elle avait quitté l'hôtel. Elle n'arrivait pas à se sortir cette chambre 27 de la tête.

Hope, roulé en boule à ses pieds, releva la tête au moindre de ses mouvements. Charlize se leva à contrecœur, jeta un regard par la fenêtre. La rue était vide. Les réverbères diffusaient une lumière jaune et tamisée qui dansait sur les pavés humides.

Rien d'anormal... jusqu'à ce qu'elle les voie.

Le couple.

Debout, côte à côte, sur le trottoir devant l'hôtel H. Immobiles. Figés dans l'ombre. Le cœur de Charlize manqua un battement. Ce n'était pas possible... Elle cligna des yeux, s'approcha de la vitre.

Ils levèrent la tête. Ensemble.

Leur regard se posa directement sur elle.

Charlize recula brusquement. Une bouffée de panique lui traversa la poitrine. Elle se précipita vers la porte d'entrée de son appartement, l'ouvrit à la volée. Dehors, plus rien. Ils avaient disparu. Elle courut jusqu'à l'angle de la rue, cherchant autour d'elle. Silence.

Elle se retourna lentement vers l'hôtel. Toutes les fenêtres

étaient plongées dans le noir...
sauf une.

La chambre 27.

Là, derrière les rideaux à peine
tirés, une silhouette apparaissait,
puis disparaissait... comme si
quelqu'un marchait lentement de
long en large dans la pièce.

Charlize retourna chez elle,
tremblante, le souffle court. Elle
verrouilla soigneusement sa
porte et cala une chaise contre.

Hope, comme si lui aussi ressentait la tension, resta perché sur la commode, le dos hérissé. Ils passèrent la nuit ainsi, éveillés, surveillant les ombres.

Le lendemain matin, la lumière du jour n'apporta aucun soulagement. Charlize, cernée, le teint livide, arriva au travail d'un pas lourd. Bob était là, l'air bougon, comme toujours.

— Tu sembles avoir vu un fantôme, plaisanta-t-il.

Charlize ne répondit pas. Elle saisit la clé de la chambre 27 — qui, cette fois encore, était à sa place — et grimpa sans un mot.

La chambre était vide. Calme. Trop calme. Mais sur le lit, une chose la figea : une photo.

Charlize la saisit avec précaution. Elle représentait le couple, assis sur le rebord du vieux pont de la ville. Le même endroit d'où elle les avait observés. Elle retourna le cliché. Une date y était inscrite au crayon : 13 avril 1982.

— Impossible... murmura-t-elle.

Son souffle se coupa. Ce n'était pas la première fois qu'on parlait d'événements étranges liés à cette chambre. Mais elle avait toujours cru que ce n'étaient que des histoires de clients un peu superstitieux.

Cette fois, c'était différent. Elle le savait au fond d'elle : quelque chose voulait qu'elle découvre la vérité.

Charlize redescendit au rez-de-chaussée, la photo serrée entre ses doigts tremblants. Bob l'observa du coin de l'œil mais ne dit rien. Elle s'approcha du comptoir, hésitante.

— Bob, tu travailles ici depuis combien de temps exactement ?

Le vieil homme leva les yeux de son journal, légèrement surpris.

— Assez longtemps pour avoir vu défiler des centaines de clients, répondit-il en grognant. Pourquoi cette question ?

— La chambre 27... tu as déjà eu des choses étranges là-bas ? demanda-t-elle, sans détour.

Bob fronça les sourcils, posa lentement son journal.

— Tu t'intéresses à de vieilles histoires, on dirait...

Charlize lui montra la photo.

— Je les ai vus. Plusieurs fois. Je les ai laissés entrer ici... Et cette photo date de 1982.

Un long silence s'installa. Bob la regarda avec une intensité rare. Puis, à la surprise de Charlize, il fit signe de la suivre derrière le comptoir.

Il ouvrit un vieux tiroir fermé à clé. En sortit un carnet à la couverture en cuir noir, usé par le temps. Il le posa devant elle.

— Je n'ai jamais su pourquoi je le gardais, mais maintenant je crois que c'est à toi de le lire.

Charlize ouvrit le carnet. Des pages manuscrites, à l'encre bleue ou noire, toutes d'une écriture élégante, ancienne. Il y avait des dates, des observations, des noms, des descriptions de clients. Et, régulièrement, des mentions de la chambre 27.

"3 juillet 1985. Une femme seule dans la 27. Elle prétend que son mari la visite chaque nuit, bien qu'il soit mort l'année dernière..."

"14 mars 1992. Un couple s'est présenté sans réservation. Ont signé le registre... mais leurs noms ont disparu dès le lendemain."

"17 septembre 2001. Une nouvelle femme de chambre prétend avoir vu des ombres dans la 27. Elle a démissionné le jour même."

Page après page, les témoignages s'accumulaient. Tous liés à la même chambre. Tous décrivaient des apparitions, des disparitions, des souvenirs qui ne collaient pas à la réalité.

— Tu savais tout ça, murmura Charlize.

— Je savais qu'il se passait quelque chose. Mais on ne peut

pas vivre dans la peur... alors j'ai continué, dit-il d'un ton grave. Jusqu'à toi.

Charlize ferma lentement le carnet. Elle comprenait à présent que son histoire n'était pas unique. Elle était un nouveau chapitre d'un mystère plus ancien, plus profond.

Et si ces visiteurs... n'étaient pas là pour l'effrayer, mais pour lui transmettre quelque chose ?

Elle leva les yeux vers Bob. Il avait les traits tirés, une fatigue ancienne dans le regard.

— Pourquoi moi ?
Il haussa les épaules.

— Peut-être que tu es prête à entendre ce qu'ils veulent dire.

Charlize serra le carnet contre elle.
Elle allait trouver la vérité. Même si pour cela, elle devait

retourner, encore une fois, dans la chambre 27.

Cette nuit-là, Charlize ne parvint pas à fermer l'œil. Le carnet noir posé sur sa table de chevet semblait pulser doucement, comme s'il était vivant. Hope dormait paisiblement à ses pieds, inconscient de l'agitation intérieure de sa maîtresse.

Au petit matin, elle retourna à l'hôtel plus tôt que d'habitude. Bob n'était pas encore là. L'établissement était silencieux, encore assoupi. Charlize monta directement au premier étage, le carnet dans les bras, bien décidée à retourner dans la chambre 27.

Elle ouvrit lentement la porte. Personne.

Pourtant, la chambre semblait... différente. L'air y était plus chaud, chargé d'un parfum ancien, comme de la lavande fanée et du bois ciré. Les rideaux bougeaient doucement, alors que la fenêtre était fermée.

Charlize entra et s'assit sur le même fauteuil, près de la fenêtre, là où elle avait vu le couple pour la première fois. Elle ouvrit le carnet, le cœur battant.

Une page blanche venait d'apparaître. Pourtant, elle se souvenait l'avoir feuilleté la veille, et cette page était pleine. Elle y lut :

> "Tu dois te souvenir."

— Me souvenir de quoi ? murmura-t-elle, la gorge nouée.

La pièce sembla frémir. Un courant d'air invisible lui caressa la nuque. Puis une image jaillit dans son esprit, brutale, comme un éclat de verre : un autre hôtel. Un autre temps. Elle, plus jeune. Une main qu'elle serrait, un rire, un cri, une chute. Un drame qu'elle avait enfoui très loin.

Elle tomba à genoux, le souffle coupé.

Les souvenirs remontaient comme des bulles d'air à la surface d'un lac noir.

Un accident. Un homme. Quelqu'un qu'elle avait aimé.

La chambre 27 n'était pas seulement un lieu hanté. C'était un déclencheur. Un écho d'un passé qu'elle avait voulu oublier.

Charlize se redressa difficilement. La chambre n'était plus tout à fait la même. Les murs semblaient s'être rétractés, les couleurs légèrement ternies, comme si le temps lui-même hésitait à continuer sa course.

Et face à elle, debout, silencieux, se trouvait de nouveau le couple.

Ils la regardaient, sans animosité. Avec une infinie patience.

— C'est en toi que vit la mémoire, dit la femme.

— Et c'est à toi de la libérer, ajouta l'homme.

Charlize voulait poser mille questions, mais aucun mot ne franchit ses lèvres.

Elle se contenta d'un hochement de tête, les yeux embués.

Le couple disparut à nouveau, cette fois dans un souffle léger, presque apaisé.

Elle resta là, longtemps, le regard perdu sur le papier jauni du carnet, le cœur encore battant de vérités trop longtemps tues.

Charlize redescendit lentement les escaliers de l'hôtel, encore secouée par la révélation silencieuse de la chambre 27. Elle avait besoin de réponses, de concrètes, de rationnelles. Et pour cela, elle n'avait qu'une seule personne vers qui se tourner : Bob.

Le vrai Bob... ou du moins, celui qui travaillait à la réception.

Quand elle arriva au rez-de-chaussée, Bob était là, comme toujours, assis derrière son comptoir, une tasse de café à la main, l'air de n'avoir jamais quitté son poste.

Elle s'en approcha prudemment, comme si elle redécouvrait cet homme qu'elle côtoyait depuis des mois.

— Bob, dit-elle d'un ton grave, est-ce que vous connaissez l'histoire de la chambre 27 ?

Il leva les yeux vers elle, surpris, puis fronça les sourcils.

— Qu'est-ce que tu veux dire ?

— Ne faites pas comme si vous ne saviez pas. Cette chambre... Ce couple... Et ce carnet. Vous savez quelque chose.

Bob reposa lentement sa tasse, l'air las, comme si une vieille fatigue venait de lui tomber dessus.

— Il fallait bien que ça arrive, marmonna-t-il.

— Quoi ? s'étonna Charlize. Que quoi arrive ?

Bob poussa un profond soupir, puis sortit une vieille clé d'un tiroir secret derrière le comptoir. Elle n'était pas comme les autres : ancienne, patinée par le temps, au métal noirci.

— Viens avec moi, dit-il en se levant péniblement.

Ils traversèrent le couloir en silence, Bob boitant légèrement, Charlize retenant sa respiration. Il ne se dirigeait pas vers la chambre 27, mais vers une porte dissimulée derrière une grande plante verte, au fond du couloir.

Il glissa la clé dans la serrure, la tourna, et la porte s'ouvrit sur un escalier en colimaçon plongé dans la pénombre.

— Où est-ce qu'on va ? murmura Charlize.

— Dans le passé, répondit simplement Bob.

Ils descendirent en silence. Les marches grincèrent sous leurs pas. Au bout de quelques minutes, ils débouchèrent sur une petite pièce en pierre, comme une cave ancienne. Des étagères pleines de vieux registres, des objets couverts de poussière, et au fond, une grande photo encadrée, posée sur un chevalet.

Charlize s'approcha.

La photo représentait un jeune couple, rayonnant, posant devant l'hôtel. L'homme ressemblait trait pour trait au "jeune Bob" qu'elle avait vu dans la chambre 27. Et à ses côtés, une femme rousse... qui lui ressemblait étrangement.

— C'est pas possible, souffla-t-elle.

Bob s'appuya contre une table en bois, l'air ému.

— C'était moi, oui. Il y a bien longtemps. Et cette femme... elle s'appelait Elise. Elle est morte ici, dans la chambre 27. Un accident, ou peut-être un suicide, personne n'a jamais su.

Charlize posa une main tremblante sur le cadre.

— Et moi ? Pourquoi elle me ressemble autant ?

Bob la fixa longuement, puis dit :

— Je crois que l'hôtel t'a choisie. Ou qu'elle t'a choisie. Tu es le lien. La mémoire vivante.

Charlize sentit un vertige la prendre. Une boucle étrange se dessinait, une histoire à la fois sienne et étrangère. Était-elle une réincarnation ? Une descendante ? Ou simplement une âme réceptive ?

Elle ne savait plus. Mais une chose était certaine : rien ne serait plus jamais comme avant.

Depuis la découverte de la cave et de cette vieille photographie, quelque chose avait changé. Charlize ne dormait plus aussi paisiblement. Chaque nuit, elle ressentait cette chaleur qui l'enveloppait et, en temps, une sorte de tiraillement entre deux réalités. Elle avait l'impression de ne plus vraiment appartenir à la sienne.

Le jour, elle faisait semblant. Elle souriait aux clients, nettoyait les chambres, échangeait quelques mots avec Bob, mais ses pensées erraient toujours vers la chambre 27.

Un soir, alors que Hope ronronnait paisiblement sur le canapé, Charlize sentit à nouveau cet appel. Un frisson, mais pas de peur cette fois. Plutôt une urgence, comme une vibration au creux de sa poitrine. Elle enfilait son manteau presque sans s'en rendre compte, ses pieds la guidaient seuls, son esprit détaché.

Elle traversa la rue jusqu'à l'hôtel, poussa la porte comme dans un rêve.

Bob était absent.

La clé de la chambre 27 pendait, étrangement seule sur le tableau. Charlize s'en saisit et monta à l'étage. Devant la porte, elle hésita un instant. Puis elle tourna la clé.

La chambre était vide. Silencieuse. Mais différente.

Les rideaux flottaient légèrement alors que les fenêtres étaient fermées. Une odeur de fleur d'oranger plus intense que d'habitude envahissait l'air. Et, surtout, un miroir ovale trônait maintenant face au lit. Il n'était jamais là auparavant.

Elle s'approcha. Son reflet était là, bien sûr. Mais derrière elle, dans le miroir, on distinguait une autre pièce. Une pièce aux teintes sépia, baignée d'une lumière étrange. Un homme s'y tenait. Bob. Jeune. Le même qu'elle avait vu. Il lui tendait la main à travers la glace.

Charlize posa sa paume contre le miroir. Il était tiède. Il pulsa. Une onde traversa son bras.

Elle n'hésita pas. Elle franchit le miroir.

Un souffle court, une impression d'aspiration... et elle était de l'autre côté.

La chambre était à la fois semblable et différente. Plus ancienne. Les murs couverts de cadres, les rideaux épais, un tourne-disque diffusant une mélodie envoûtante. Bob – le jeune Bob – l'attendait, un sourire mélancolique aux lèvres.

— Tu es venue, dit-il.

— Où suis-je ? demanda Charlize, la voix tremblante.

— Dans un entre-deux. Ce lieu existe, mais dans un temps suspendu. Ici, la mémoire des âmes persiste, et certaines blessures attendent encore leur réparation.

Charlize déglutit.

— Et moi, qu'est-ce que je viens faire ici ?

Bob lui tendit une photo, une autre. Charlize et Elise. Deux femmes, deux époques. Deux visages identiques.

— Tu portes son souvenir en toi. Elle ne peut pas partir tant que certaines vérités n'ont pas été dites.

Charlize serra la photo contre elle.

— Et toi, Bob ? Pourquoi es-tu là ?

Il détourna les yeux.

— Parce que je ne suis jamais vraiment parti. Mon corps vieillit à l'accueil... mais une part de moi est restée ici, bloquée avec elle.

Charlize comprit alors : la chambre 27 n'était pas simplement hantée. Elle était une fracture dans le temps. Un lieu de mémoire figée, un pont entre ce qui aurait pu être et ce qui fut réellement.

Et maintenant, elle seule pouvait décider de rouvrir cette histoire.

Le silence régnait dans la chambre-miroir, à peine troublé par le grésillement du tourne-disque. Bob – jeune, plus vivant que jamais – s'était assis sur le bord du lit, les mains croisées entre ses genoux. Charlize restait debout, la photo à la main, les battements de son cœur comme une horloge déréglée.

— Qui était Elise ? demanda-t-elle, les yeux rivés sur le cliché.

— Elise... était tout. Mon âme sœur. Mon erreur, aussi.

Charlize leva les yeux vers lui, attentive.

— Nous étions jeunes, fous d'amour. Mais j'ai fui. Par lâcheté. Par orgueil. Je devais partir, prétendument pour travailler ailleurs... Mais en vérité, j'avais peur de cette vie avec elle. Peur de ne pas être à la hauteur.

Il marqua une pause. Son regard s'était noyé dans ses souvenirs.

— Elle est restée ici. Dans cette chambre. Elle attendait... longtemps. Et puis un soir, elle s'est endormie. Elle ne s'est jamais réveillée. On dit que le cœur a lâché. Moi je sais qu'il s'est brisé.

Charlize sentit un frisson glacé courir le long de sa colonne.

— Et depuis ?

— Depuis, elle revient. Parfois. Sous forme d'apparition, de chaleur. La chambre 27 est devenue le seul endroit où son souvenir survit encore, à mi-chemin entre deux mondes.

Charlize sentit la photo vibrer légèrement entre ses doigts. La pièce autour d'elle sembla vaciller. Les contours devenaient flous.

— Pourquoi moi ? Pourquoi maintenant ?

Bob s'approcha, lentement.

— Parce que tu es son reflet. Elle t'a choisie. Tu portes en toi la même lumière, la même solitude, la même quête de sens. Et surtout, parce que tu as le cœur assez grand pour la libérer.

— Comment ?

Il tendit la main vers la table de nuit. Un petit carnet de cuir s'y trouvait. Un journal. Celui d'Elise.

Charlize l'ouvrit. L'écriture était fluide, poétique, teintée de douleur et de tendresse. Des lettres d'amour, des regrets. Une lettre non envoyée à Bob, qu'elle avait écrit la veille de sa mort.

"Si un jour tu reviens, sache que je t'ai aimé de tout mon être. Mais je ne t'attendrai plus dans la douleur. Je veux croire que l'amour existe même dans l'absence. Mais moi, je pars avec ce qu'il me reste de rêves."

Charlize sentit ses larmes couler, silencieuses.

— Il faut qu'elle entende ça, murmura-t-elle.

Bob acquiesça.

Et à cet instant, la lumière dans la chambre changea. Plus douce. Une silhouette apparut dans le miroir. Elise. Belle, brumeuse, paisible.

— Merci... souffla-t-elle.

Puis elle disparut, dans un éclat lumineux qui inonda la pièce.

Bob se tourna vers Charlize, une larme au coin de l'œil.

— Elle est libre, maintenant. Et moi aussi.

La pièce vacilla. Le miroir se fendilla. Un craquement, un souffle. Charlize eut à peine le temps de sentir ses pieds quitter le sol qu'elle se retrouvait projetée en arrière, dans la véritable chambre 27. Vide. Silencieuse.

Elle tomba à genoux, haletante. Dans sa main, le carnet avait disparu.

Mais une odeur de fleur d'oranger flottait encore dans l'air.

Depuis ce jour-là, quelque chose avait changé. L'hôtel H semblait respirer autrement, comme allégé d'un fardeau invisible. Les couloirs étaient plus lumineux, les chambres plus calmes. Et la chambre 27... n'était plus vraiment la même.

Charlize, encore troublée, tentait de reprendre le cours normal de sa vie. Mais rien ne semblait normal désormais. Elle marchait dans l'hôtel avec plus d'attention, comme si chaque détail pouvait encore révéler un pan du mystère. Bob, de retour à l'accueil, n'avait plus ce regard fuyant. Il semblait... plus vivant. Moins grincheux, presque doux.

— Ça va ? lui demanda-t-il un matin, alors qu'elle passait devant le comptoir.

Charlize s'arrêta, surprise. Ce « ça va ? » était sincère. Elle hocha la tête, esquissant un sourire.

— Mieux... depuis quelques jours.

Bob ne répondit pas, mais elle crut voir un mince sourire effleurer ses lèvres.

Plus tard, en nettoyant la chambre 27, elle s'attendait à tout. À sentir une présence. À revivre une vision. À retrouver une lettre, une trace. Mais non. Il n'y avait que le silence. Un silence apaisé. Elle fit le lit doucement, passa la serpillière, caressa le rebord de la fenêtre.

Et ce fut là qu'elle le vit.

Une plume.

Fine, blanche, presque translucide.

Posée sur le coussin.

Charlize la prit entre ses doigts. Elle ne venait ni d'un oreiller, ni d'un oiseau. Elle était trop légère, trop brillante. Comme un signe.

Cette nuit-là, elle rêva d'Elise. Pas en fantôme. En femme. Elle riait, dansait dans le jardin de l'hôtel, une robe blanche flottant autour d'elle. À ses côtés, Bob, jeune, riait aussi. Ils étaient heureux, enfin réunis.

Charlize se réveilla avec le cœur léger, un sourire au coin des lèvres. Hope ronronnait contre sa jambe. Dehors, le soleil baignait la façade de l'hôtel H d'une lumière dorée.

Elle se leva, ouvrit les rideaux et observa le pont. Personne.

Mais au fond d'elle, elle savait : Elise était bien partie.

Et elle, Charlize, n'était plus seule. Une nouvelle présence vivait désormais en elle. Une présence douce, paisible. Un souffle d'espoir.

Les jours passèrent, et avec eux, le sentiment étrange de ne plus vivre la même vie. L'hôtel H, toujours aussi beau, semblait avoir mué, comme si les briques, les tapisseries et les meubles avaient absorbé la révélation de la chambre 27 pour en faire quelque chose de nouveau.

Charlize, elle, s'éveillait un peu plus chaque jour.

Elle n'était plus simplement « la femme de ménage ». Elle devenait l'âme de l'endroit. Les clients lui souriaient davantage, s'ouvraient à elle, lui confiaient des petits secrets de passage, des chagrins doux ou des joies légères. Et Bob... Bob n'était plus le même.

Un matin, alors qu'ils buvaient un café dans la petite cuisine de l'hôtel, il posa sa tasse, fixa la fenêtre et murmura :

— Merci d'avoir libéré Elise.

Charlize se figea.

— C'était vraiment elle, hein ? demanda-t-elle à voix basse.

Bob hocha la tête. Son regard, embué de souvenirs, se perdit dans le vide.

— Elle était ma fiancée. Nous devions fuir ensemble. Mais elle est morte ici, dans cette chambre, un soir d'hiver. Et moi… j'ai continué à vivre. Sans elle. Comme un vieil homme oublié. J'ai espéré, sans y croire… jusqu'à toi.

Charlize sentit les larmes lui monter aux yeux. Elle posa une main sur celle de Bob, silencieuse.

— Elle t'a choisie pour la libérer, reprit-il. Et je crois que… tu es celle qui veillera désormais sur ce lieu.

Charlize sentit alors, plus que jamais, que l'hôtel H ne serait plus jamais un simple lieu de travail. Il était devenu son refuge. Sa mission.

Elle demanda à Bob de lui apprendre l'accueil, la gestion, les petites choses qu'elle ignorait. Bob, ravi, partagea tout ce qu'il savait.

Un mois plus tard, il lui laissa une clé. Une seule. Celle de la chambre 27.

— Elle est à toi maintenant. Ce qu'elle t'a offert, tu le porteras pour le reste de ta vie. Tu comprendras avec le temps.

Bob quitta l'hôtel peu après. Il avait enfin trouvé la paix. Il avait décidé de partir vivre au bord d'un lac, seul, avec quelques livres et des souvenirs pleins le cœur.

Et Charlize resta.

Chaque jour, elle ouvrait les portes aux voyageurs, rangeait les secrets dans ses silences, écoutait les histoires qui passaient entre les murs.

Et chaque soir, avant de rentrer, elle allait dans la chambre 27. S'asseyait sur le fauteuil près de la fenêtre. Et fermait les yeux.

Elle ne voyait plus Elise. Mais elle ressentait toujours cette chaleur. Ce souffle invisible.

Un héritage.

Et elle savait que, désormais, l'histoire de l'hôtel H ne s'écrirait plus sans elle.

Depuis cette nuit, la chambre 27 est redevenue silencieuse. Plus de murmures, plus d'apparitions. Bob, le vrai, est redevenu un peu plus bavard, comme si une part de lui avait été libérée aussi. Il sourit même, parfois, à Charlize.

Charlize, elle, continue de travailler à l'hôtel, mais elle n'est plus la même. Elle ressent les choses différemment, avec plus d'intensité. Et surtout, elle garde dans son cœur le souvenir d'Elizabeth et Robert, deux âmes unies au-delà du temps.

Hope, le chat, semble aussi plus paisible. Il s'assied souvent devant la fenêtre, regardant le vieux pont, comme s'il attendait quelque chose... ou quelqu'un.

Et Charlize, chaque soir, en buvant son infusion pomme-cannelle, regarde l'hôtel H d'un œil nouveau. Elle sait maintenant que certains lieux gardent en eux les échos du passé... et parfois, il suffit d'y prêter attention pour les entendre.

Épilogue – La gardienne de la chambre 27

Les années ont passé. Le temps a laissé ses marques, mais l'hôtel H est resté intact, veillé par une femme au sourire discret et aux yeux émeraude : Charlize.

Elle a fini par racheter l'établissement, pièce par pièce, comme on répare un vieux rêve. Elle l'a transformé sans le dénaturer. Il est devenu un lieu prisé, chaleureux, un peu hors du temps. Un endroit où l'on venait chercher la tranquillité... ou des réponses.

Certains disaient ressentir une étrange sérénité dans les couloirs. D'autres, plus sensibles, parlaient d'une présence douce, bienveillante.

La chambre 27, elle, n'était plus jamais louée. Elle restait fermée à clé, mais toujours propre, fleurie, rangée comme si quelqu'un devait y séjourner à tout moment. Charlize y entrait parfois, sans but, juste pour ressentir.

Un jour, un jeune écrivain y séjourna dans une autre chambre. Intrigué par les histoires que les gens murmuraient sur la chambre 27, il demanda à Charlize si elle accepterait de lui en parler.

Elle lui sourit, hocha la tête et répondit simplement :

— Ce n'est pas une chambre. C'est une mémoire. Et moi, j'en suis la gardienne.

Puis elle tourna les talons, laissant à l'homme, l'envie d'écrire une histoire... sur une femme, un hôtel, et une pièce au numéro gravé dans l'ombre : 27.

À celles et ceux qui ont déjà frôlé l'invisible,
À ceux qui portent des silences lourds et des souvenirs flous,
À celles qui cherchent des réponses dans les couloirs de l'inconnu.
Ce livre est pour vous.
Puissiez-vous trouver, entre ces pages, un peu de lumière dans les zones d'ombre.